JEANS
古本
STATION
KOBAN
Super Market

ツクルとひみつの改造《かいぞう》ボット 2

辻 貴司 作
TAKA 絵

岩崎書店

もくじ

001 プロローグ

「いってきまーす」

ツクルは、マンションのドアをゆっくりと閉《し》めた。

「楽《たの》しんできてねー。気《き》をつけてねー」

部屋《へや》の奥《おく》から、お母《かあ》さんの声《こえ》がした。

仕事《しごと》にでかける準備《じゅんび》でいそがしいみたい。

四年《ねん》生《せい》になってからは、毎朝《まいあさ》、ひとりで準備《じゅんび》をして学校《がっこう》に行《い》くようになった。

あれこれ、うるさくいわれなくなって、
気《き》はラクだけど、ちょっぴり
ものたりない気《き》がするね。
ツクルは、エレベーターの前《まえ》まで
来《く》ると、ボタンをおそうとして、やめた。
来《く》るのがわかっていたように、
すっと扉《とびら》が開《ひら》いたんだ。
「おはよう。ペーター」
ツクルは、だれもいないエレベーターに
乗《の》りこむとあいさつをした。
しーん。返事《へんじ》はない。

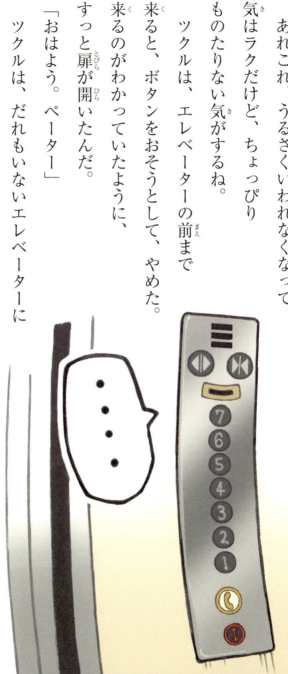

ものたりないといえば、こっちもだ。

「ほんと、おかしいなあ」

ツクルは、首《くび》をかしげた。


ツクルの住《す》む町《まち》には、なぞのエンジニアが住《す》んでいる。

名前《なまえ》は、コーディー。

ちっぽけなこの町《まち》で、キカイをしゃべれるように改造《かいぞう》しているんだ。

改造《かいぞう》ボット！

ツクルは、しゃべるキカイたちのことを、そう呼《よ》んでいる。

コーディーは、この町《まち》をいい町《まち》にするために改造《かいぞう》ボットを作《つく》り、改造《かいぞう》ボットたちはこの町《まち》の平和《へいわ》を守《まも》っているんだ。

このことを知《し》っているのは、改造《かいぞう》ボットにであった人《ひと》だけ。しかも、口止《くちど》めされるから、うわさはほとんど広《ひろ》まっていない。

「広《ひろ》めているのは、トミーくらいかな」

トミーはおなじクラスで、最近《さいきん》、情報屋《じょうほうや》を気《き》どっている。どこから仕《し》入《い》れてくるのか、改造《かいぞう》ボットの情報《じょうほう》をツクルにもちかけては、お菓子《かし》と交換《こうかん》して帰《かえ》っていく。この前《まえ》は、グミとチョコバーをとられた。

かくいうツクルも、改造《かいぞう》ボットにであって、口止《くちど》めされるひとりになった。ツクルの住《す》むマンションのエレベーターが改造《かいぞう》ボットだったんだ。

エレベーターの名前《なまえ》は、ペーター。

つい、最近《さいきん》、子《こ》どもにいたずらするスーツ男《おとこ》を、いっしょに協力《きょうりょく》してつかまえたところだ。それなのに、今日《きょう》もだんまり……。

「あいさつくらいしてくれてもいいと思《おも》うんだよね」

ツクルが、ちょっとむくれていうと、ややあって返事《へんじ》がきた。

「……やあ、ツクル。今日《きょう》の、Tシャツはおしゃれだね」

やっとしゃべってくれた。さすが、ペーター。いいところに気《き》づいたよ。

「いいでしょ。これ、裏返《うらがえ》すと体操服《たいそうふく》になってるんだ。だから、体操服《たいそうふく》の袋《ふくろ》をもたなくていいんだよ」

ツクルは新《あたら》しい発明品《はつめいひん》を紹介《しょうかい》すると、満足《まんぞく》そうに胸《むね》をはった。

ところが、ペーターがあきれたようにツッコミを入《い》れる。

「ずぼらなツクルが考《かんが》えそうなことだな。でも、体育《たいいく》のあと、よごれた体操服《たいそうふく》を内側《うちがわ》にして着《き》たら、きたなくないかい？」

「あ」

どうしよう。今日《きょう》は外体育《そとたいいく》なんだ。

ま、いっか。そんなことより……。

「なんで、最近《さいきん》、無視《むし》するのさ」

ツクルが聞《き》くと、ふう、とペーターがため息《いき》をついた。

「このあいだは、しゃべりすぎた。コーディーのこと、インターネットで検索《けんさく》したんだって？」

「うん、一時間《じかん》かけて見《み》つけたんだ。エジソンにあこがれているなら、今《いま》は、なんにでも興味《きょうみ》をもって、よく知《し》ることが大切《たいせつ》だってメッセージをくれたよ」

ツクルが答《こた》えると、「ああ……」と、ペーターがうめいた。

「次《つぎ》にいろいろしゃべったら、また、しゃべれないキカイに逆戻《ぎゃくもど》りだ」なんだ。そういうことか。

なぞのエンジニアの名前《なまえ》がコーディーだってことも、ペーターが口《くち》をすべらせてくれたおかげで知《し》ったんだもんね。

どうやら、コーディーは自分《じぶん》のことをひみつにしておきたいみたい。

ホームページも、あのあとすぐに消《け》されてしまっていた。

だから、ペーターには口《くち》の軽《かる》いままでいてもらわないと困《こま》るんだ。

「あのときは、ほんとうにありがとう。ぼくもナナミも助《たす》かったよ」

ツクルがあらためて感謝《かんしゃ》を伝《つた》えると、ペーターは気《き》をよくしてくれたようだ。

「そうか?」

「もちろん！　いいことしたんだし、もっと大《おお》きな顔《かお》していいと思《おも》うよ」

「ははは、ありがとう。よーし、元気《げんき》でたぞ。そうだよな。ツクルが助《たす》かったんだし、もっとポジティブにいかなきゃな！」

ペーターは、わりと単純《たんじゅん》な性格《せいかく》らしい。この調子《ちょうし》なら、またペラペラしゃべってくれそうだ。

「ところでさ」と、ツクルは切《き》りだした。

「この町《まち》に、改造《かいぞう》ボットって、どのくらいいるの？」

「さあな」

ちぇっ、ガードは固《かた》いままか……。

「どうして、うわさが広《ひろ》まらないの？」

「ツクルみたいに口《くち》が固《かた》い人《ひと》ばかりだから、助《たす》かってるのさ」

んー。なんだか、うまくはぐらかされている気《き》がする。こうやって、ひみつが広《ひろ》まらないようになっているのか……。

「おれたち改造《かいぞう》ボットになったんだってな」

それを聞《き》いて、ツクルはドキッとした。

しまった。つい、ふつうに使《つか》っちゃったけど、「改造《かいぞう》ボット」は、ツクルが勝手《かって》に考《かんが》えた言葉《ことば》だ。ペーターが、いやだったらどうしよう……。

「ありがとな。すごくいいネーミングだ」

「ほんとに⁉」

「ああ。きっとほかのみんなも気《き》に入《い》ってる」

ツクルはうれしくて、小《ちい》さくガッツポーズをした。

すると、「そういえば、ツクル」とペーターが思《おも》いだしたように話《はな》しはじめた。

「なになに?」

ツクルもくいぎみに返事《へんじ》をする。

「最近《さいきん》、黒《くろ》いボストンバッグをもった男《おとこ》が、うろうろしているのは知《し》ってるか?」

「ううん、知《し》らない」

なんだ。改造《かいぞう》ボットの情報《じょうほう》じゃないのか。でも、黒《くろ》いボストンバッグ男《おとこ》の話《はなし》は初耳《はつみみ》だ。

「悪《わる》い人《ひと》?」

「さあ、まだわからない。でも、気《き》をつけろよ。ツクルは、よけいなことに首《くび》をつっこむタイプだからな」

きっと、スーツ男《おとこ》をつかまえたときのことをいってるんだろう。

「だいじょうぶだよ。わざわざ、自分《じぶん》からあぶないことはしないって」

ペーターが気《き》にしているってことは、きっと町中《まちじゅう》の改造《かいぞう》ボットが目《め》を光《ひか》らせているんだろう。まかせておけば安心《あんしん》だ。

でも、スーツ男《おとこ》のときみたいに、改造《かいぞう》ボットたちといっしょに、黒《くろ》いボストンバッグ男《おとこ》のなぞを解決《かいけつ》できたら……。

きっと楽《たの》しいだろうなあ。

考《かんが》えていることが、顔《かお》にでていたようだ。

「ツクル。おまえ、今《いま》、なにか思《おも》ったろ?」

「ん? ううん。なんでもないよ。じゃあ、いってくるね!」

ツクルはエレベーターをおりると、ポケットから、一枚《まい》の紙切《かみき》れを取《と》りだした。きのう、トミーからもらった情報《じょうほう》で、「女《おんな》の子《こ》が、ドライヤーを忘《わす》れていった、らしい」と、きたない字《じ》で書《か》かれている。

黒《くろ》いボストンバッグ男《おとこ》も気《き》になるけど、こっちが先《さき》だね。

まだまだ改造《かいぞう》ボットは、この町《まち》にたくさんいるみたいだし、ペーターよりも口《くち》の軽《かる》い改造《かいぞう》ボットだっているかもしれない。

「よし、忘《わす》れられたドライヤーの改造《かいぞう》ボットをさがそう！」

サラサラドライヤー

カズアキとサエの話《はなし》

帰《かえ》り道《みち》、前《まえ》を歩《ある》いていた姉《ねえ》ちゃんが、きゅうに立《た》ち止《ど》まった。

あぶないなあ。もうすこしで、ぶつかるところだったよ。

「ねえ、カズ、あれって高《たか》いドライヤーだよね？　だれかが忘《わす》れていったのかなあ」

姉《ねえ》ちゃんが指《ゆび》さす方《ほう》を見《み》ると、ピンク色《いろ》のつやつやしたドライヤーが、アパートの郵便受箱《ゆうびんうけばこ》の上《うえ》に置《お》いてあった。うちで使《つか》ってる安物《やすもの》とはちがって高級感《こうきゅうかん》がある。

「こわれたから、捨《す》てたんじゃない？」

「あんなにピカピカなのに？　それにここ、ゴミ捨《す》て場《ば》でもないし」

そういうなり、ドライヤーを取《と》り上《あ》げて、まじまじと見《み》ている。

「カズ、そこの足《あし》もとの白《しろ》いところ開《あ》けてみて」

カズはしゃがんで、アパートの壁《かべ》についていた白《しろ》くて四角《しかく》いプラスチックを引《ひ》っぱってみた。ふたになっていて、パカッと開《あ》けると、コンセントが二個《こ》でてきた。

「へえーっ？　こんなところにコンセントがあるんだ。こんなとこで、なにするの？」

すると、姉《ねえ》ちゃんが、すっとドライヤーのプラグをコンセントにさした。

「ドライヤーをかけるの」

電源《でんげん》ボタンをおすと、ピコロン、といって、みどり色《いろ》のライトが光《ひか》った。

「うわ、ちゃんと動《うご》くよ。すごーい！」

姉《ねえ》ちゃんも、おしゃれに興味《きょうみ》があるのかな。自分《じぶん》の髪《かみ》にドライヤーの風《かぜ》をあてて、風呂《ふろ》あがりの練習《れんしゅう》をしてるみたい。

「すごく気持《きも》ちいいよ、これ！」

姉《ねえ》ちゃんが興奮《こうふん》しているのがわかる。もしかして、かってにもって帰《かえ》る気《き》じゃ……。

「なによ？」

やべっ、バレたか。姉《ねえ》ちゃんは、いつだって勘《かん》がいいんだ。

「それ、人《ひと》のだからね」

カズが釘《くぎ》をさすと、姉《ねえ》ちゃんが、ちょっと悪《わる》い顔《かお》をしながらいった。

「だって、だれのドライヤーかもわからないのが、捨《す》ててあるんだもん。いいでしょ？」

まったく、だれかが見《み》てても知《し》らないよ。

と、思《おも》った瞬間《しゅんかん》、すぐ近《ちか》くで女《おんな》の子《こ》の叫《さけ》び声《ごえ》が上《あ》がった。

「ダメーーーーーー！」

一瞬《いっしゅん》、しーんとなった。

「……今《いま》、カズ、なにかいった？」

カズは、ぶんぶんと顔《かお》を横《よこ》にふる。

いくら声《こえ》変《が》わりしてないからって、無理《むり》がある。今《いま》のは完全《かんぜん》に女《おんな》の子《こ》の声《こえ》だった。

「じゃあ……だれが？」

自然《しぜん》と、ふたりの視線《しせん》がドライヤーに集《あつ》まる。

まさかね。

「コホン……」

せきばらいが、ひとつ聞《き》こえた。

「あたしは、ユキちゃんの家《いえ》のドライヤーなんだからね。もし、ドロボウするつもりなら、大声《おおごえ》だすから！」

まじかっ！　ドライヤーがしゃべってる！

「なになに？　あなた、しゃべれるドライヤーなの？」

姉《ねえ》ちゃんの声《こえ》がうわずっている。

そうだよ。意味《いみ》わかんないよ。家電《かでん》がしゃべるっていったって、「お風呂《ふろ》がわきました」くらいのはず。それなのに、このドライヤーはふつうの女《おんな》の子《こ》みたいにしゃべってる。

「そうよ。だから、あなたがやろうとしていることは、ドロボウじゃない。誘拐《ゆうかい》よ！」

「……！」

姉《ねえ》ちゃんもカズも、声《こえ》がでなかった。

ドライヤーを誘拐《ゆうかい》なんて、初《はじ》めて聞《き》いた。

ドロボウっていわれるよりきつい言葉《ことば》だ。

「ところで、ここはどこ？　コンセントからぬけて、あたしの意識《いしき》がないあいだに、どこかへつれてきたのね！」

「ちがうってば、わたしはこのアパートの郵便受箱《ゆうびんうけばこ》の上《うえ》にドライヤーが置《お》いてあったから、動《うご》くかどうかためしただけだって！」

姉《ねえ》ちゃんが必死《ひっし》に弁解《べんかい》してる。姉《ねえ》ちゃんの肩《かた》をもつわけじゃないけど、いってることは本当《ほんとう》だ。

「きみのもち主《ぬし》のユキちゃんって、このアパートに住《す》んでるんじゃないの？」

カズがいうと、ドライヤーはすこし考《かんが》えてからおしえてくれた。

「ユキちゃんの家《いえ》は、エバーグリーンの三〇一号室《ごうしつ》よ」

「ここじゃん！　なんだ、すぐにユキちゃんのところに返《かえ》してあげるよ」

階段《かいだん》わきにアパートの名前《なまえ》の看板《かんばん》がでていた。アルファベットだけど、姉《ねえ》ちゃんは英語《えいご》がちょっと読《よ》めるんだ。

ドライヤーはホッとしたようで、ひとつため息《いき》をついた。

「あんたたち、名前《なまえ》、なんていうの？　おぼえておいてあげるわ」

そっか。この子《こ》は、コンセントからぬいたら、もうしゃべれない。

ユキちゃんに返《かえ》しちゃったら、もう話《はな》すこともないもんね。

「ぼく、カズアキ。カズって呼《よ》んでね」

つづいて姉《ねえ》ちゃんを見《み》ると、ぷいっと横《よこ》をむいている。

ちっちゃな声《こえ》で「なによ、えらそーに」と聞《き》こえたような気《き》がして、
カズはあわてて大《おお》きな声《こえ》をだした。

「姉《ねえ》ちゃんはサエだよ」

かってに名前《なまえ》をばらされたのがいやだったみたい、姉《ねえ》ちゃんに足《あし》をけ

られた。

いてーな。

「きみも名前《なまえ》ってあるの？」

「あるに決《き》まってるでしょ！」

「ご、ご、ごめん……」

機嫌《きげん》がよくなったり、
悪《わる》くなったり、ちょっぴり
めんどくさいな。

「あたし、サラサよ。

あたしのことを、
よそでしゃべったら、

ただじゃおかないからね！」

……ああ、ほんとに、めんどくさい。

「じゃあ、サラサ。三〇一号室《ごうしつ》につれていくから、コンセントぬくよ」

姉《ねえ》ちゃんは、さっさとプラグをぬいて、コードをくるくるまいた。

「ああー、びっくりした。見《み》た目《め》はふつうのドライヤーなのにね」

そういって、しげしげとながめている。

「姉《ねえ》ちゃん、ドロボウはダメだよ」

「当《あ》たり前《まえ》でしょ。こんな、おしゃべりなドライヤーいらない」

まあ、そうだね。

三〇一号室《ごうしつ》は、階段《かいだん》を上《あ》がってすぐの部屋《へや》だった。

姉《ねえ》ちゃんが、「行《い》くよ」といって、チャイムをおすと、ピンポーン、と部屋《へや》にひびいた。ところが、だれもでてこない。留守《るす》みたいだ。

姉《ねえ》ちゃんが、格子《こうし》のついた窓《まど》から、中《なか》をのぞいた。

「カズ、カーテンがなくて、部屋《へや》の中《なか》が見《み》えるんだけど、物《もの》がなんにもないよ」

「どういうこと？」

カズは、背《せ》がとどかない。

そのとき、ガチャとドアノブの音《おと》がして、突《つ》きあたりのドアからおばさんがでてきた。

「もしかして、ユキちゃんのお友《とも》だち？」

「はい、忘《わす》れ物《もの》をとどけにきたんです」

姉《ねえ》ちゃんがいうと、おばさんは、「あらー」と、まゆをへの字《じ》に曲《ま》げた。

「ほんのちょっと前《まえ》に、ママといっしょに新《あたら》しいおうちに行《い》っちゃったのよ」

えっ、新《あたら》しいおうちって、もしかして……。

「引《ひ》っ越《こ》しちゃったんですか？」

姉《ねえ》ちゃんとカズが同時《どうじ》に叫《さけ》んだ。

「そう。あれ？　知《し》らなかった？　荷造《にづく》りに時間《じかん》がかかってたけど、ついさっきトラックがでてったみたい」

だから、部屋《へや》のなかが空《から》っぽなのか……ってことは、サラサを忘《わす》れて行《い》っちゃったの？

「どこに引《ひ》っ越《こ》したかわかりますか？」

姉《ねえ》ちゃんが聞《き》いた。

「さあ……。でも、ふたりは電車《でんしゃ》で行《い》くっていってたし、ほんの十分《ぷん》くらい前《まえ》にでたところだから、もしかしたら駅《えき》にいそいで行《い》ったらまだいるかも……」

おばさんが話《はな》している途中《とちゅう》だったけど、姉《ねえ》ちゃんは「ありがとうございました！」といって、階段《かいだん》を一段《だん》飛《と》ばしにかけ下《お》りはじめた。

「姉《ねえ》ちゃん、まって！」

カズがいっても止《と》まらない。

「どこに行《い》くの？」

「駅《えき》に決《き》まってるでしょ。ユキちゃんをさがさなきゃ！」

「もう電車《でんしゃ》に乗《の》っちゃったかもしれないよ」

「まだ乗《の》っていないかもしれないじゃない。この町《まち》、最後《さいご》なんだし、思《おも》い出《で》の場所《ばしょ》とか見《み》ながら、ゆっくり歩《ある》くと思《おも》うんだよね。それなら、きっと間《ま》に合《あ》う」

まあ、そうかもしれないけど。

十分《ぷん》くらい前《まえ》ってのは、あのおばさんがいってるだけで、本当《ほんとう》かどうかもわからないし、それに……。

「ぼくたちユキちゃんの顔《かお》、知《し》らないよ？」

「サラサがわかるよ！」

姉《ねえ》ちゃん、どうしちゃったんだよ。さっきまで、サラサのことをきらってたのに……。なんで、そんなに真剣《しんけん》なんだよ。

「引《ひ》っ越《こ》しちゃうんだよ。もう二度《ど》と会《あ》えなくなるかもしれないんだよ。

次《つぎ》にコンセントにつないだとき、ユキちゃんがいないなんて、悲《かな》しすぎるじゃない！」

姉《ねえ》ちゃん、かっこいいじゃん！

カズは、言葉《ことば》にはださなかったけど、自分《じぶん》の姉《あね》をちょっと見直《みなお》した。

駅《えき》のエスカレーターをかけ上《あ》がると、さすがに息《いき》が切《き》れた。

「カズ、ママと女《おんな》の子《こ》をさがして！」

いつもは静《しず》かな駅《えき》なのに、改札口《かいさつぐち》やきっぷ売《う》り場《ば》が人《ひと》でごった返《がえ》している。制服《せいふく》やスーツを着《き》た親子《おやこ》が多《おお》いから、きっと近《ちか》くの私立小学校《しりつしょうがっこう》でイベントがあったんだろう。

ユキちゃんとママさんは普段着《ふだんぎ》のはず。ふつうの服《ふく》の人《ひと》をさがすんだ。

ところが、さがすことに夢中《むちゅう》で、黒《くろ》いボストンバッグをもった太《ふと》ったおじさんに、あやうくぶつかりそうになった。

「おい、気《き》をつけろ。大事《だいじ》なものなんだからな」

「ごめんなさい……」

おこられちゃった。

「姉《ねえ》ちゃん、無理《むり》だよ。人《ひと》が多《おお》すぎるよ。

それにもうホームにいっちゃってるかも……」

姉《ねえ》ちゃんも、うろうろするばかりで、あせっているのがわかる。

すると、「こっち!」といって、改札《かいさつ》に向《む》かって走《はし》りだした。

姉《ねえ》ちゃん、見《み》つけたの?

すぐうしろをついていくと、姉《ねえ》ちゃんが駅員《えきいん》さんのいる改札《かいさつ》で声《こえ》をかけた。

「弟《おとうと》が限界《げんかい》なので、トイレかりまーす！」

えええっ！　姉《ねえ》ちゃん、ひどいよ。

駅員《えきいん》さんはニコニコ笑《わら》って通《とお》してくれた。

「早《はや》く見《み》つけないと、電車《でんしゃ》が来《き》ちゃう」

電光掲示板《でんこうけいじばん》を見《み》ると、あと五分《ふん》で電車《でんしゃ》が来《く》る。

この駅《えき》は、上《のぼ》りと下《くだ》りで1番線《ばんせん》と2番線《ばんせん》にホームがわかれている。どっちの階段《かいだん》だ？

「こっち！」

姉《ねえ》ちゃんが、迷《まよ》わず1番線《ばんせん》のホームの階段《かいだん》をさっそうとかけ下《お》りる。

「なんで、こっちなの？」

「こっちの電車《でんしゃ》のほうが三分《ぷん》早《はや》い」

そうか。先《さき》にこっちをさがして、もしいなくても、三分間《ぷんかん》の余裕《よゆう》があるんだ。

さすが、姉《ねえ》ちゃん！

ちょっと、かっこよかったけど、ホームにつくなり、右足《みぎあし》がぐきってなってた。

「いててて……」

もう、どんくさいなあ。

それよりも、ママさんと女《おんな》の子《こ》のふたり組《ぐみ》は……？

「ユキちゃーん！」

姉《ねえ》ちゃんがでっかい声《こえ》で呼《よ》んだ。

近《ちか》くの人《ひと》がなん人《にん》かふりむいたけど、ユキちゃんじゃなかった。

「カズ、どこかにコンセントない？　サラサの電源《でんげん》を入《い》れるよ！」

電車《でんしゃ》のホームにコンセントなんて……。

そう思《おも》った瞬間《しゅんかん》、カズの目《め》にあるものが飛《と》びこんできた。

「自動販売機《じどうはんばいき》だ！」

自動販売機《じどうはんばいき》なら、コンセントがあるはず！

ところが、修理《しゅうり》の人《ひと》が作業《さぎょう》していた。これじゃあ、勝手《かって》には使《つか》えない。

「どうしよう……」

おろおろするふたりの気配《けはい》を、修理《しゅうり》の人《ひと》が気《き》づいたようだ。

ふりむいて、サラサをちらりと見《み》るなり、「コンセント、使《つか》うかい？」

と、自動販売機《じどうはんばいき》のわきにあるプラボックスを開《あ》けてくれた。

「ありがとうございます！」

姉《ねえ》ちゃんがコンセントにドライヤーをさして電源《でんげん》を入《い》れる。

「あら、ここはどこ？　なんで、カズとサエがいるの？」

状況《じょうきょう》のわかっていないサラサが、ふしぎそうにいった。

「サラサ、大変《たいへん》なの。よく聞《き》いて！」

姉《ねえ》ちゃんが、エバーグリーンでコードをぬいてから今《いま》までのことを、早口《はやくち》で説明《せつめい》した。

「じゃあ、もうユキちゃんはいないの？　あたし、すてられたの？」

サラサが涙声《なみだごえ》になってる。

「わたしたちは、ユキちゃんの顔《かお》を知《し》らない。サラサから見《み》えるところにいない？」

そういって、サラサを高々《たかだか》とかかげた。

「いない……」

ダメだ。やっぱり、もう電車《でんしゃ》に乗《の》っちゃったんだよ。

近《ちか》くの踏切《ふみきり》もカンカンなりはじめた。

もし、まだホームのどこかにいたとしても、次《つぎ》の電車《でんしゃ》に乗《の》っていっちゃう。

さすがの姉《ねえ》ちゃんも、がっくり肩《かた》を落《お》としている。

そのとき、サラサのＬＥＤが光《ひか》った。

「あっ！」

「なになに？　サラサ、どうしたの？」

「ブルートゥースがつながった。ママさんのスマホが近《ちか》くにある！」

ブルートゥースっていったら、ワイヤレスのイヤホンやマウスをつなぐ無線《むせん》の電波《でんぱ》だ。

じゃあ、きっと近《ちか》くにいる。どこだ？

「……電波《でんぱ》が弱《よわ》い。すぐ近《ちか》くじゃない。すこしはなれた場所《ばしょ》かも……」

カズもサエもあたりを見《み》わたすけれど、ユキちゃんらしき人《ひと》は見当《みあ》たらない。

「いたっ！　むかいのホーム、階段《かいだん》の前《まえ》！」

サラサが叫《さけ》んだ。

ほんとだ、ママさんと小学生《しょうがくせい》くらいの女《おんな》の子《こ》のふたり組《ぐみ》が立《た》ってる。

「ユキちゃーん！」

姉《ねえ》ちゃんが叫《さけ》ぶと同時《どうじ》に、電車《でんしゃ》がこっちのホームに入《はい》ってきた。むこうのホームも、三分後《ぷんご》には電車《でんしゃ》が来《き》ちゃう。いそがなきゃ！

「サラサ、ごめんよ！」

カズはコードを引《ひ》っこぬくと、サラサをもって、階段《かいだん》をかけ上《あ》がった。

「カズ、たのんだ！」

わかってるよ。足痛《あしいた》いんでしょ。

カズは駅《えき》の渡《わた》り廊下《ろうか》を突《つ》っ切《き》ると、反対側《はんたいがわ》のホームの階段《かいだん》を一気《いっき》にかけ下《お》りた。

「ユキちゃん？」

カズが聞《き》くと、女《おんな》の子《こ》がふり返《かえ》った。

「だれ？」

「忘《わす》れ物《もの》だよ」

ドライヤーを見《み》せると、ユキちゃんの目《め》がまんまるくなった。背負《せお》っていたリュックを地面《じめん》に置《お》くと、なかに手《て》を突《つ》っこんで、引《ひ》っかき回《まわ》した。

「サラサが、いなーい！」

よかった。サラサは捨《す》てられたんじゃないみたいだ。

ユキちゃんは、カズからサラサを受《う》け取《と》ると、ぎゅっとだきしめた。

コンセントにつながってサラサの意識《いしき》があるときに、返《かえ》してあげたかったな。

「わざわざ、どうもありがとう。それ、どこにあったの？」

ママさんが、首《くび》をかしげた。

「エバーグリーンの郵便受箱《ゆうびんうけばこ》の上《うえ》にありました」

カズがいうと、ユキちゃんが「あちゃあ」と、おでこをペチッとたたいた。

「さっき、ママゾンの荷物《にもつ》を入《い》れたときだ。サラサ、ごめん。あたしが入《い》れ忘《わす》れた」

ユキちゃんは、舌《した》をペロッとだしながら、カズにむき直《なお》ってにっこりした。

「どうも、ありがとう！」

「どういたしまして」

ちょうど電車《でんしゃ》がホームに入《はい》ってきた。

002 情報源《じょうほうげん》はどこ？

「あ～あ、今日《きょう》は情報《じょうほう》ゼロだったなあ……」

ツクルは、冷蔵庫《れいぞうこ》からコーラを取《と》りだして、ペットボトルのまま、ひとくち飲《の》んだ。

疲《つか》れてた体《からだ》がシュワっと生《い》き返《かえ》る。

「まったく、この町《まち》になん個《こ》ドライヤーがあると思《おも》ってるんだよ」

結局《けっきょく》、ドライヤーの改造《かいぞう》ボットのことは、トミーからの情報《じょうほう》がすべて。

それ以外《いがい》のことは、なにもわからなかった。

黒《くろ》いボストンバッグ男《おとこ》もさがしたんだけど、こっちも情報《じょうほう》なしだ。

それにしても、どうしてトミーは改造《かいぞう》ボットのことを、あんなに知《し》っているんだろう。

クラスの友《とも》だちは、うわさを耳《みみ》にしたことがあるくらい。トミーだけが、やけにくわしいんだ。

そのとき、ふとひらめいた。

「もしかして、トミーがコーディーなの？」

……いやいや、そんなはずはない。ツクルはすぐその考《かんが》えを否定《ひてい》した。

トミーはたしかにテストの点《てん》は悪《わる》くないけど、プログラミングやハードウェアの改造《かいぞう》ができるなんて、聞《き》いたことがない。

コーディーの改造《かいぞう》ボットは、今《いま》の技術《ぎじゅつ》で実現《じつげん》できているのがふしぎなくらい高度《こうど》だ。

「じゃあ、どうやって情報《じょうほう》を？　なぞだ。なぞすぎる……」

すると、ツクルの頭《あたま》の中《なか》が、ぐるんと回転《かいてん》した。

そうか！　トミーをさぐれば、改造《かいぞう》ボットの情報源《じょうほうげん》にたどり着《つ》けるかもしれない！

なんで、こんなかんたんなことに気《き》がつかなかったんだろう。

「お父《とう》さんにもらったアレが使《つか》える！」

お母《かあ》さんが、「また余計《よけい》なものを買《か》って……」と、ちょっとケンカみたいになってたけど、だれかの行動《こうどう》をさぐるには、もってこいのアイテムだ。

「あった！　これこれ！」

落《お》とし物《もの》をさがすＧＰＳのタグだ。タブレットやスマホに登録《とうろく》しておけば、今《いま》ある場所《ばしょ》を地図《ちず》アプリに表示《ひょうじ》してくれる。

これを使《つか》って、いいものを作《つく》ろう。

「よし、トミーの行動《こうどう》をさぐるぞ！」

ゴートンは押《お》しボタン式《しき》

トミーの話《はなし》

「あのじいさん、どうだった？」

しぶい男《おとこ》の声《こえ》が問《と》いかけた。

「聞《き》きたい？」

と、返事《へんじ》をしたのはトミーだ。

「いいから、早《はや》く話《はな》せ」

「へいへい」

ほんと、冗談《じょうだん》が通《つう》じないんだから……。

トミーは、心《こころ》の中《なか》で、小《ちい》さくあっかんべをした。

ときどき横断歩道《おうだんほどう》を通《とお》るおじいさんが、見《み》るたびにやせていくというので、トミーは、おじいさんの家《いえ》まであとをつけたんだ。

「お金《かね》がなくて、あんまりごはん食《た》べてなかったみたい。ガスも電気《でんき》も止《と》まってた」

「そうか。もっと早《はや》く気《き》づけばよかったんだが……」

「帰《かえ》りに、ちょうどナナミの母《かあ》ちゃんと会《あ》ってさ。相談《そうだん》したら、生活保護《せいかつほご》を受《う》けられるように、かけあってくれることになったんだ。だから、安心《あんしん》しろよ」

「そうか、さすが議員《ぎいん》さんだ。よかった」

心《こころ》からホッとしたような声《こえ》だった。

「んじゃ、今日《きょう》のギャラは？」

トミーが、ポケットから手帳《てちょう》を取《と》りだしながら聞《き》いた。

「ドライヤーが県外《けんがい》に引《ひ》っ越《こ》した」

「ええっ、なんだそれ。ほんとなのかよ。いつ、どこに引《ひ》っ越《こ》したんだ？」

「さあな。うわさだ」

しまったな。その情報《じょうほう》は、もうツクルに売《う》っちまったよ。あいつ、きっと血《ち》まなこになってさがしてるよな。かわいそうに……。

「ほんとにケチだよな。もっと教《おし》えてくれてもいいのにさあ」

「バーカ、教《おし》えてもらえるだけ、ありがたく思《おも》え」

「へいよっ」

トミーは、メモを書《か》きとめた手帳《てちょう》をパチンととじた。

ま、いっか。ツクルに売《う》る情報《じょうほう》としてはピッタリだ。

「また、来《く》るよ」

「もう、来《く》んな」

横断歩道《おうだんほどう》が青《あお》になったのを見《み》て、トミーはかけだした。

すると、反対側《はんたいがわ》から、足《あし》の悪《わる》そうなおばあさんがわたってきた。手《て》おしカートにつかまって歩《ある》くのがやっとなんだろう。ときどき、ふらついている。

「しゃーねーな」

トミーは、手《て》おしカートがぐらつかないように支《ささ》えてあげた。

おばあさんは、ちろっとトミーを見《み》て、「ありがとね」といった。

おばあさんとトミーは、ゆっくり、ゆっくり、横断歩道《おうだんほどう》をわたった。

でも、この横断歩道《おうだんほどう》では、おばあさんがわたり終《お》えるまで、信号《しんごう》が赤《あか》になることはない。そんな心配《しんぱい》をする必要《ひつよう》がない。

なぜなら、この信号《しんごう》は、すべて改造《かいぞう》ボットのゴートンが調節《ちょうせつ》しているからだ。

「さんきゅー、ゴートン」

おばあさんと別《わか》れて、トミーはもう一度《ど》、信号機《しんごうき》のボタンをおした。

「まったく……。あのとき、信号無視《しんごうむし》したクソガキなんて、助《たす》けるんじゃなかったぜ」

ゴートンが、しぶい声《こえ》でつぶやいてから、大《おお》きくため息《いき》をついた。

「なにいってんの。赤信号《あかしんごう》なのにつっこんできたのはトラックのほう。

忘《わす》れたのかよ」

トミーはフンと鼻《はな》をならした。

「そうだったか？　でも、まあ、生《い》きててラッキーだったな。死《し》んじまってたら、へらず口《ぐち》もたたけなかっただろ」

ほーんと、すっとぼけるのがうまいんだから。でも……。

「あのときは大声《おおごえ》で教《おし》えてもらえて、助《たす》かりました。感謝《かんしゃ》してます」

トミーが頭《あたま》を下《さ》げた。

ゴートンに助《たす》けてもらってから、トミーはちょくちょくゴートンの手《て》伝《つだ》いをしている。だれかの家《いえ》のようすを見《み》に行《い》ったり、落《お》とし物《もの》をとどけたり。手伝《てつだ》うかわりに、町《まち》の情報《じょうほう》を教《おし》えてもらうようになった。

トミーが小学校《しょうがっこう》で情報屋《じょうほうや》を名乗《なの》るようになったのは、それからだ。

「おれが動《うご》けたらいいんだけどな……」

ゴートンは、いろいろ気《き》づくけど、動《うご》けない。それが、ときどき歯《は》がゆいらしい。

「ゴートンは、この町《まち》の安全《あんぜん》を守《まも》る正義《せいぎ》の味方《みかた》なんだから、ドーンとかまえてろよ」

トミーがほめると、

「へっ」といって、ゴートンがてれた。

「おまちください」の表示《ひょうじ》がチカチカして、赤信号《あかしんごう》がちょっとだけピンクっぽくなった。

ところが、それも一瞬《いっしゅん》のことで、ゴートンがまじめな小声《こごえ》でいった。

「なあ、トミー。おまえ、頭《あたま》いいか?」

「いいぞ、天才《てんさい》だ」

トミーの威勢《いせい》のいい返事《へんじ》を聞《き》いて、

「やっぱ、やめとく」

と、ゴートンはいった。

「なに、なに？　こみいった感《かん》じ？　いつもみたいに、このトミーさまが、力《ちから》になってやるよ」

「えらそうだな」

ゴートンは、しばらく迷《まよ》っているようだったが、「実《じつ》はな……」と、話《はな》しはじめた。

「きのうから、おなじ男《おとこ》がここを何度《なんど》も通《とお》るんだ」

「そこのスーパーに買《か》い物《もの》に来《き》たんじゃない？」

横断歩道《おうだんほどう》をわたってすぐがスーパーの駐車場《ちゅうしゃじょう》で、その右手《みぎて》が店舗《てんぽ》だ。

トミーも、たのまれたものを買《か》い忘《わす》れたりして、何回《なんかい》も来《き》たことがある。

ところが、ゴートンは、「いいや、ちがうな」と、否定《ひてい》した。首《くび》があったら、横《よこ》にぶんぶんふってそうだ。

「黒《くろ》いボストンバッグはもっているけど、買《か》い物《もの》をするようには見《み》えない。それに、閉店後《へいてんご》の夜《よる》も来《き》たんだ」

「そりゃ、あやしい」

閉店後《へいてんご》に客《きゃく》は来《こ》ない。

「そいつが、なに者《もの》か調《しら》べればいい？」

「察《さっ》しがいいな」

ゴートンが、満足《まんぞく》そうにいった。

「で、どんなやつ？　まずは、特徴《とくちょう》を教《おし》えてもらわなきゃ」

トミーは、そういっていつもの革張《かわば》りの手帳《てちょう》を取《と》りだした。

「その必要《ひつよう》はない」

「……なんで？」

「今《いま》、横断歩道《おうだんほどう》のむこうでおかしな動《うご》きをしているやつ、あいつだ」

見《み》ると、黒《くろ》いボストンバッグをかかえたやせぎみで足《あし》の長《なが》い男《おとこ》が、あたりをキョロキョロしながら行《い》ったり来《き》たりしている。

「大学生《だいがくせい》？」

「いや、働《はたら》いている社会人《しゃかいじん》だろう。顔《かお》にやや疲《つか》れが見《み》える」

ふうん。大人《おとな》の年《とし》は、よくわからない。

「いいやつか、悪《わる》いやつかもわからん。やばかったらもどってこい。気《き》をつけろよ」

「おっけー。このトミーさまに、まかせとけよ」

トミーは、気《き》づかれないように、男《おとこ》を尾《び》行《こう》しはじめた。

男《おとこ》は駐《ちゅう》車《しゃ》場《じょう》を通《とお》りぬけて、スーパーの裏《うら》手《て》の公《こう》園《えん》へやってきた。おかしなことに、遊《ゆう》具《ぐ》やグラウンドではなく、公《こう》園《えん》のすみにある草《くさ》のしげみのなかへ、ずんずん入《はい》っていく。

「あいつ、なにしてんだ？」

男《おとこ》は足《あし》もとの草《くさ》むらをかきわけながら歩《ある》き回《まわ》っていた。

「落《お》とし物《もの》かなにかか？」

トミーが首《くび》をひねる。

ちょうどそのとき、公園《こうえん》の反対側《はんたいがわ》の入口《いりぐち》からリュックを背負《せお》ったツクルがやってきた。

トミーに気《き》がついたらしく、手《て》をふっている。

「やっほー、トミー。まじめな顔《かお》して、どうしたの？」

「おれはいつもこんな顔《かお》だ」

トミーが答《こた》えると、ツクルが
「テストのときでも見《み》ない顔《かお》だったよ」

といって、ケラケラと笑《わら》った。

ほんと、失礼《しつれい》なやつだな。

「おれは、今《いま》、いそがしいんだ」

「ぼくは、今《いま》、発明《はつめい》のネタをさがしに、

リサイクルショップに行《い》ってたんだ」

こいつ、人《ひと》の話《はなし》を聞《き》いてないな。

見《み》ると、ツクルのリュックがふくらんでいる。またガラクタをあさってきたようだ。

「今日《きょう》の戦利品《せんりひん》、見《み》る？」

ツクルがリュックを下《お》ろして、なかをごそごそやりはじめた。

トミーは、横目《よこめ》でボストンバッグの男《おとこ》が遠《とお》ざかっていくのを追《お》いながら、そわそわしていた。

「おい、ツクル。おれ、今《いま》、ちょっといそがしいんだ。あとでもいい

か？」

「おしっこ、もれそうなの？」

「ちがうわっ！」

まったく。人《ひと》をなんだと思《おも》っているんだ。

「おれは、今《いま》、あの黒《くろ》いボストンバッグの男《おとこ》を追《お》っかけているんだ」

すると、どういうわけだか、ツクルがやけにあわてだした。

「今《いま》、黒《くろ》いボストンバッグの男《おとこ》って、いった？　いったよね？」

「ん？　ああ、いったけど、どうした？」

「あぶないよ。悪《わる》い人《ひと》だったらどうするのさ。その人《ひと》には気《き》をつけろ、っていわれたばっかりなんだよ」

「べつにボストンバッグもって公園《こうえん》を歩《ある》いたっていいだろ？　いったい、

だれに気《き》をつけろっていわれたんだよ」

問《と》いつめると、ツクルはぐっと口《くち》をつぐんだ。そして、すこし間《ま》をおいてから、ささやくようにいった。

「それは、企業《きぎょう》ひみつだよ」

「なんじゃそら……」

あきれていうと、今度《こんど》はツクルから質問《しつもん》がきた。

「そもそも、トミーはどうして黒《くろ》いボストンバッグの男《おとこ》を追《お》いかけてるのさ」

「む！」

核心《かくしん》をつく質問《しつもん》だった。さすがに、ゴートンにたのまれたから、とはいえない。

「こっちだって、企業《きぎょう》ひみつだ」

おこるかと思《おも》ったのに、ツクルがめずらしく心配《しんぱい》そうな顔《かお》をしている。

「そんな顔《かお》で見《み》るなよ。だいじょうぶだって。悪《わる》いやつなら、証拠《しょうこ》つかんで交番《こうばん》に行《い》くまでさ」

黒《くろ》いボストンバッグの男《おとこ》を見《み》ると、ベンチに座《すわ》り、頭《あたま》をかかえていた。

ボストンバッグは、ベンチに無造作《むぞうさ》に置《お》かれている。

「あの人《ひと》が、黒《くろ》いボストンバッグ男《おとこ》？」

ツクルが聞《き》くので、「そうだ」と答《こた》えた。

「ねえ、今《いま》のトミーにぴったりの発明品《はつめいひん》があるんだけど、見《み》る？」

「どうせ、またおさわがせ品《ひん》なんだろ？」

トミーが、からかうようにいうと、ツクルがフフッと不敵《ふてき》に笑《わら》った。

「今度《こんど》は期待《きたい》していいよ」

ツクルが取《と》りだしたのは、クッキーが入《はい》ってたような缶《かん》の箱《はこ》だ。開《あ》けると、中《なか》からクルミのようなものがでてきた。

というか、クルミの実《み》、そのものだ。

「これが、なんで発明《はつめい》なんだ？」

ツクルがクルミをもち上《あ》げる。

「これ、クルミみたいだけど、実《じつ》は殻《から》だけで、中身《なかみ》はＧＰＳのタグが入《はい》っているんだ」

「ＧＰＳって？」

「ほら、人工衛星《じんこうえいせい》を使《つか》って、自分《じぶん》のいる位置《いち》がわかるやつ」

ああ、それなら知《し》ってる。迷子《まいご》になったときや落《お》とし物《もの》をしたときに役《やく》に立《た》つやつだ。でも、それって……。

「発明《はつめい》っていうか、インターネットとかで買《か》ったんだろ？」

「あ、よくわかったね」

なんだよ、図星《ずぼし》かよ。

「そもそも、なんでクルミに入《い》れる必要《ひつよう》があるんだ？」

トミーがつぶやくと、ツクルが「わかってないなあ」と笑《わら》った。腹立《はらた》つ笑顔《えがお》だ。

ツクルがその笑顔《えがお》のまま説明《せつめい》をはじめた。

「これなら追跡《ついせき》する相手《あいて》に見《み》つかっちゃっても、ＧＰＳだってバレにくいでしょ？」

「なるほどな。追跡《ついせき》に使《つか》えるのか……いいかもな」

「絵《え》の具《ぐ》ですこしいたんでるっぽくぬったから、食《た》べられちゃうことも
ないし。そのままゴミに捨《す》ててくれれば、あとで回収《かいしゅう》できる」

「おお、それ最高《さいこう》じゃんか。ツクル、おまえ天才《てんさい》だ！」

ツクルが、「えへへ」と得意《とくい》そうに笑《わら》う。

「なあ、ツクル。それ、かしてくれ。ちゃちゃっと黒《くろ》いボストンバッグ
に入《い》れてくるからさ」

トミーが、両手《りょうて》を合《あ》わせてたのみこんだ。

「いいよ。でも……」

そういって、ツクルはニヤッと笑《わら》った。

「タダで、じゃないよね？」

おっ、ツクルのやつ、交渉《こうしょう》がうまくなりやがったな。

「しゃーねえな。改造《かいぞう》ボットの情報《じょうほう》をやるよ」

それを聞《き》いてツクルが、小《ちい》さくガッツポーズをする。

「んじゃ、一個《こ》、借《か》りるぞ！」

トミーは、缶《かん》の箱《はこ》からクルミのGPSをひとつつかむと、できるだけ足音《あしおと》を立《た》てないように走《はし》った。こっそり男《おとこ》の背後《はいご》に回《まわ》る。そして、そっと黒《くろ》いボストンバッグに手《て》をかけた。かんたんな仕事《しごと》だ。

ところが……。

「なんだい？」

男《おとこ》が、いきなりふりむいた。

まじか！　なんで、こっち見《み》るんだよ。目《め》が合《あ》っちまったじゃないか。

ダメだ。なんか、テキトーにごまかさないと……。

「あ……あの、このへんに手帳《てちょう》を忘《わす》れたんだけど、知《し》りませんか？」

もちろん、うそだ。手帳《てちょう》はズボンのポケットに入《はい》っている。

「そうか、キミもさがしものか……。おたがい、大変《たいへん》だね」

そういって、男《おとこ》は親切《しんせつ》にボストンバッグをもち上《あ》げてくれた。

ん？　今《いま》、思《おも》いがけず、すごい情報《じょうほう》を入手《にゅうしゅ》したぞ。キミもってことは、
この男《おとこ》、やっぱりなにかをさがしてるんだ。

「ないね。もしかして、ベンチの下《した》かな……。いや、なにもないね」

「別《べつ》の場所《ばしょ》をさがしてみます。ありがとうございました」

トミーは、お礼《れい》をいうと、ダッシュでその場《ば》をはなれた。

あぶなかった。まだ、どんなやつなのかわかっていないのに、顔《かお》を見《み》
られて、話《はなし》もしてしまった。

「でも、収穫《しゅうかく》はあったな。そんなに悪《わる》いやつでもなさそうだったし」

それに、男《おとこ》がベンチの下《した》を見《み》ているすきに、クルミのGPSをボストンバッグの中《なか》にもぐりこませていた。

「これで、万《まん》が一《いち》、見失《みうしな》ってもだいじょうぶだ」

ツクルの場所《ばしょ》までもどると、トミーはひとつホッとため息《いき》をついた。

「もう、ひやひやしたよ」

「落《お》とし物《もの》かなにかをさがしてるみたいだけど、だいぶメンタルが追《お》いつめられてる感《かん》じだったな」

ツクルが、「公園《こうえん》なんかで、なにをさがしてるんだろうね」と首《くび》をひねる。

「さあな」

さすがに、パニックになっていて、そこまで聞《き》く余《よ》裕《ゆう》はなかった。

ピンコン。

ツクルのケータイがなった。

メッセージがとどいたらしく、見《み》るなり、「ええーっ。うそでしょ」

と声《こえ》をあげた。

「だれからだ？」

「お母《かあ》さんから。早《はや》く帰《かえ》ってこいって……」

残《ざん》念《ねん》そうにツクルがいった。

「しかたない……。これGPSの位《い》置《ち》がわかるホームページのアドレスとパスワードね」

トミーがわたされたメモに目《め》をやる。

公園
0909

「パスワードが……0909?」

「わくわく、ね」

得意《とくい》そうにツクルがにんまりした。

「あと心配《しんぱい》だから、トミーもこれもってて」

そういって、ツクルは箱《はこ》の中《なか》から、もうひとつ、クルミのGPSを取《と》りだした。

「あぶないと思《おも》ったら、にげるんだよ。タブレットは見《み》てるからね。おかしな動《うご》きしたら、交番《こうばん》のフジモトさんに連絡《れんらく》するから」

「おお、わかった。心強《こころづよ》いな」

「ほら! 黒《くろ》いボストンバッグ男《おとこ》が動《うご》きだしたよ!」

ツクルの指《ゆび》さすほうを見《み》れば、男《おとこ》が公園《こうえん》から道路《どうろ》へでていくところだった。

「さんきゅ、ツクル。お礼《れい》だ。とっとけ」

トミーは、さっきゴートンから聞《き》いて、メモしたばかりの手帳《てちょう》の紙《かみ》を一枚《まい》やぶり、ツクルにおしつけた。

ツクルは見《み》るなり、「ええええーーっ！　すっごいさがしたのにー」と悲鳴《ひめい》をあげた。

トミーは、距離《きょり》をあけて、電柱《でんちゅう》のかげから、男《おとこ》のようすを見守《みまも》った。

なにをさがしているのかはわからないが、ときどき、しゃがんだりして、家《いえ》と家《いえ》の間《あいだ》をのぞきこんでいる。

男《おとこ》が、すこし先《さき》の角《かど》を曲《ま》がった。

「商店街《しょうてんがい》の裏《うら》のほうに行《い》ったな……」

鉢合《はちあ》わせしないようにと、十ほど数《かぞ》えてから角《かど》を曲《ま》がった。ところが、男《おとこ》の姿《すがた》がない。のんびりしすぎたようだ。

「やっべーな。あいつ、どこ行《い》った？」

家《いえ》の中《なか》に入《はい》ったか？　それとも、どこかの路地《ろじ》を曲《ま》がったのか……。

そのとき、うしろで声《こえ》がした。

「次《つぎ》の十字路《じゅうじろ》を左《ひだり》に曲《ま》がったぞ」

「ん？」

トミーが声《こえ》のするほうをふり返《かえ》ったけれどだれもいない。空耳《そらみみ》か？

その代《か》わりに、あまり見《み》かけないおしゃれな軽《けい》バンが、ブロロロと軽《かろ》やかなエンジン音《おん》を鳴《な》らしながら通《とお》りぬけていった。車《くるま》の窓《まど》は閉《し》まっている。中《なか》の声《こえ》が聞《き》こえるはずもないし、やっぱり、空耳《そらみみ》か……。

トミーがぐずぐずしていると、

「早《はや》く行《い》きなさーい！　また見失《みうしな》っちゃうわよー」

と、今度《こんど》は女《おんな》の人《ひと》の声《こえ》にどやされた。

なんだよ。いったい、どこで、だれがしゃべってるんだよ。

「いちおう、行《い》ってみるか」

トミーが小走《こばし》りで次《つぎ》の角《かど》にむかうと……。

「いた！」

男《おとこ》がグリーンの外壁《がいへき》のアパートに入《はい》っていくところだった。一階《かい》の真《ま》ん中《なか》の部屋《へや》だ。

ドアが閉《し》まると同時《どうじ》に、トミーはかけよって、ドアに耳《みみ》をおしつけた。中《なか》から、かすかに声《こえ》が聞《き》こえる。

「……やばい……もうすぐ先輩《せんぱい》が帰《かえ》ってくる……」

聞《き》きづらいな。トミーは、ドアについている郵便受《ゆうびんう》けを開《あ》けて、中《なか》をのぞきこんだ。

「たった三日間《かかん》あずかるだけだったのに、なんてことだよ……」

よし。さっきよりもよく聞《き》こえる。

どうやら、先輩《せんぱい》ってやつの大事《だいじ》なものをなくしてしまったようだ。

いったい、何《なに》をさがしているんだ？

「ああ……」
男《おとこ》がうめいた。
「大事《だいじ》なカメレオンが……」
はっきりと聞《き》こえた。
カメレオン⁉
さがしていたのは、
カメレオンか。
だから、草《くさ》むらとか家《いえ》
の庭《にわ》とかを
さがしていたんだ。
郵《ゆう》便《びん》受《う》けから、玄関《げんかん》に

おいてある黒《くろ》いボストンバッグが見《み》える。すこしチャックが開《あ》いていて、中《なか》にはケージが入《はい》っていた。

きっと、あの中《なか》にカメレオンを入《い》れていたんだろう。だとしたら、片《かた》手《て》でもてるくらいの小《こ》型《がた》の品《ひん》種《しゅ》だ。

「しかたねえな」

あぶなくなったら、ツクルが通《つう》報《ほう》してくれるだろう。

「こんなもんでも、安《あん》心《しん》するんだな」

トミーは、ポケットの中《なか》のクルミのGPSをにぎりしめた。

そして、ひとつ深《しん》呼《こ》吸《きゅう》して心《こころ》を決《き》めると、目《め》の前《まえ》にあったボタンをおした。

ピンポーン！

部屋《へや》の中《なか》で、ガタッと音《おと》がした。

「はい？」

あっさり開《ひら》いたドアのすきまから、トミーは中《なか》にするりと入《はい》りこんだ。

そして、すばやくドアを閉《し》める。

「おいおい、勝手《かって》に入《はい》っちゃダメだよ」

男《おとこ》があわてたのを、トミーは無視《むし》した。

カーテンが閉《し》まっていて、うす暗《ぐら》い。ほんとに人《ひと》が住《す》んでるのか？っ
てくらい、家具《かぐ》や物《もの》がすくない部屋《へや》だ。

「カメレオンがにげだしたんだよね？」

「どうしてそれを……」

「外《そと》まで聞《き》こえてたよ」

男《おとこ》がとたんに動揺《どうよう》した。ほんと、わかりやすい人《ひと》だ。

「外《そと》にだしたの？」

「いや、きのう、仕事《しごと》から帰《かえ》ってきたら、ケージが空《から》になっててね。部《へ》屋中《やじゅう》、さがして、どこにもいないんだ」

なるほど。ケージの入《い》り口《ぐち》にすき間《ま》があったんだな。

「窓《まど》は開《あ》けてた？」

「いや、閉《し》めていたよ。でも、たぶん換気扇《かんきせん》のすき間《ま》からでていったんだと思《おも》う」

そういって、玄関《げんかん》の横《よこ》にある換気扇《かんきせん》を指《ゆび》さした。たしかに、すき間《ま》があいていて、小《ちい》さなカメレオンなら抜《ぬ》けだせそうだ。

男《おとこ》はがっくりと肩《かた》を落《お》としている。でも、そう悲観《ひかん》するものでもないと思《おも》う。

「実《じつ》はさ、うちのいとこが爬虫類好《はちゅうるいず》きで、いろいろ飼《か》ってるんだけど、あいつらケージからにげてもだいたい家《いえ》の中《なか》にいるんだ」

「そうなのかい？」

「寒《さむ》いと動《うご》けないし、湿気《しっけ》が多《おお》いところが好《す》きだから、けっこうな確率《かくりつ》で風呂場《ふろば》にいる」

トミーは、ユニットバスに入《はい》りこむと、すみずみまでさがしはじめた。風《ふ》呂《ろ》の中《なか》、タオルの裏《うら》、洗面台《せんめんだい》の下《した》……。

「そこもさがしたけどなあ……」

男《おとこ》が気《き》のない返事《へんじ》をよこす。でも、あきらめるのは、まだ早《はや》い。

「いたよ！」

トイレのかげから、一匹《ぴき》のカメレオンが、ぎょろりと目《め》をむけていた。見《み》たことのない、めずらしい品種《ひんしゅ》のカメレオンだった。

男《おとこ》が、ぎゃーとか、わーとかいって、ころがるように飛《と》びこんできた。

「よかった……。ほんとうによかった。明日《あした》が取引《とりひき》だったんだよ。これで、先輩《せんぱい》におこられずにすむ……」

男《おとこ》の人《ひと》は泣《な》きながらよろこんでいた。

なんだ、取引《とりひき》って？　なんかよくわかんないけど、これでお役《やく》ごめんかな。

トミーは、クツをすばやくはくと、

「じゃあ、おれ帰《かえ》ります」

といって、アパートを飛《と》びだした。

003 GP《ジーピーエス》Sを追跡《ついせき》！

ツクルが家《いえ》に帰《かえ》ると、お母《かあ》さんが買《か》い物《もの》にでかけていった。宅配便《たくはいびん》が来《く》るとかで、留守番《るすばん》をさせたかったらしい。

「まったく、もう。お母《かあ》さんこそ、いらないものいっぱい買《か》ってるよね」

文句《もんく》をいいながら、ツクルはタブレットを立《た》ち上《あ》げた。

「さっきは、びっくりしたなあ」

まさか、ペーターがあやしいといっていた黒《くろ》いボストンバッグ男《おとこ》と、もともと動《うご》きをさぐりたいと思《おも》っていたトミー。その両方《りょうほう》に、クルミの

GPSをわたせるなんて、夢《ゆめ》にも思《おも》わなかった。

「これで、どっちも追跡《ついせき》できる」

ツクルは、トミーの心配《しんぱい》が半分《はんぶん》、追跡《ついせき》のわくわくが半分《はんぶん》といった気持《きも》ちで、アプリが開《ひら》くのをまった。

読《よ》みこみ中《ちゅう》のあと、地図上《ちずじょう》にふたつのGPSの場所《ばしょ》が表示《ひょうじ》される。

「えっ！　どうして？　ほとんどおなじ場所《ばしょ》にいる！」

しかも、地図《ちず》を拡大《かくだい》してみると、ふたりともアパートの中《なか》にいるようだ。

「まさか、誘拐《ゆうかい》されたんじゃ……。交番《こうばん》のフジモトさんに連絡《れんらく》する？」

一瞬《いっしゅん》、あわてたツクルだったが、「いやいや、トミーのことだから、勝手《かって》にしのびこんだのかも……」と、思《おも》い直《なお》した。

すると、トミーのGPSが移動《いどう》しはじめた。もうひとつは、アパートのまま動《うご》かない。

「よかった。誘拐《ゆうかい》じゃなかったみたい。なにか情報《じょうほう》をつかんだのかも！」

トミーのGPSの動《うご》きには迷《まよ》いはない。目的地《もくてきち》をめざして一直線《いっちょくせん》に移《い》動《どう》している。そんな動《うご》き方《かた》だった。

「止《と》まった」

スーパーの前《まえ》の道《みち》で、トミーのGPSの動《うご》きが止《と》まった。

理由《りゆう》はすぐにわかった。地図上《ちずじょう》に信号《しんごう》のマークがある。きっと横断歩《おうだんほ》道《どう》の信号《しんごう》をまっているんだ。

「でも、長《なが》くない？」

もう、五分《ふん》くらい、その場《ば》にいる。

いくらなんでも、五分《ふん》も変《か》わらない信号《しんごう》はないだろう。

「なにをしているんだろう？　立《た》ったまま寝《ね》ちゃったのかな？」

さすがにバカな考《かんが》えだな……と思《おも》った次《つぎ》の瞬間《しゅんかん》、ツクルの頭《あたま》がぐるんと回転《かいてん》した。

「だれかと会《あ》ってるんだ！」

さっき、トミーはだれかにたのまれて黒《くろ》いボストンバッグ男《おとこ》を追《お》っているっていってた。きっと、その人《ひと》と会《あ》っているんだろう。

そして、その人《ひと》のことをトミーは、

「企業《きぎょう》ひみつだ」

といった。

このセリフは前《まえ》にも聞《き》いたことがある。

あれは、どうして改造《かいぞう》ボットにくわしいのかたずねたときのトミーの返事《へんじ》だった。

まちがいない！

「改造《かいぞう》ボットの情報源《じょうほうげん》の人《ひと》と、今《いま》、トミーは会《あ》っているんだ！」

ツクルはいきおいよく立《た》ち上《あ》がると、くつに足《あし》をねじこむなり家《いえ》を飛《と》びだした。

（お母《かあ》さん、宅配《たくはい》の人《ひと》、ごめんなさい！）

と、思《おも》ったら置《お》き配《はい》がきていた。

「もう！　まってる必要《ひつよう》なかったじゃん！」

ペーターに気《き》づかれないように、階段《かいだん》で下《お》りる。そして、スーパーの

前《まえ》の横断歩道《おうだんほどう》へダッシュでむかった。

「いた！」

横断歩道《おうだんほどう》に立《た》つトミーが見《み》えた。情報源《じょうほうげん》の人《ひと》はどこだ。おかしいな。絶対《ぜったい》にだれかと会《あ》って話《はなし》をしていると思《おも》ったのに！

ツクルが近《ちか》くまでくると、横断歩道《おうだんほどう》の信号《しんごう》が青《あお》になり、むこうからトミーがわたってきた。

「よっ、ツクル。どうしたんだ？　今《いま》から、おまえんちに行《い》こうと思《おも》ってたんだ」

トミーがニヤリと笑《わら》いながら歩《ある》いてくる。

「ひとり？　だれかと話《はな》してなかった？」

ツクルが聞《き》くと、トミーは、「ん？」とびっくりしたような顔《かお》をした。

でも、それも一瞬《いっしゅん》のことで、すぐにいつものおどけた感《かん》じにもどった。

「ごらんのとおりさ」

トミーが両手《りょうて》を広《ひろ》げて、ほかにだれもいないことをアピールする。

「そんなあ……」

ツクルは当《あ》てが外《はず》れて、がっかりした。

「そんな顔《かお》するなよ。黒《くろ》いボストンバッグ男《おとこ》が、なにをさがしていたのか。知《し》りたいだろ？」

「わかったの？」

ツクルが聞《き》くと、トミーが、「ふふん」と得意《とくい》げに笑《わら》った。

「じっくり教《おし》えてやるから、おまえんちへ行《い》こうぜ！」

トミーの話《はなし》を、ツクルはハラハラしながら聞《き》いた。

「さすがトミーだよ。カメレオンがお風呂場《ふろば》が好《す》きだなんて、ぼく知《し》らなかった」

ツクルにほめられて、トミーもまんざらでもないようだ。

「一瞬《いっしゅん》、あいつを見失《みうしな》ったときは、どうしようかと思《おも》ったけどな」

「男《おとこ》の人《ひと》の居場所《いばしょ》を教《おし》えてくれた親切《しんせつ》な人《ひと》に感謝《かんしゃ》だね。いったい、だれだったんだろうね？」

「ああ、変《へん》なんだよな。あのときは、たしか軽《けい》バンが一台通《だいとお》っただけで、ほかにはだれも……」

そのとき、ふたり同時《どうじ》におなじことを思《おも》いついた。

「軽《けい》バン！」

軽《けい》バンはキカイだ。

「じゃあ、あのおしゃれな軽《けい》バンが改造《かいぞう》ボットだったってことか？」

「きっと、そうだよ。なに色《いろ》だった？　どんなデザイン？」

ツクルが聞《き》くと、トミーが腕《うで》を組《く》んで考《かんが》えはじめた。

……長《なが》い。かなり長《なが》い間考《あいだかんが》えたあげく。

「……忘《わす》れた」

こんなので情報屋《じょうほうや》を名乗《なの》らないでほしい。

でも、まてよ。

そういえば、最近《さいきん》、見慣《みな》れない軽《けい》バンを見《み》たことがあるような気《き》がする。

そうだ！　あれは、エレベーターのペーターと初《はじ》めて話《はなし》をした日《ひ》。点《てん》

検《けん》と改造《かいぞう》に来《き》ていたコーディーともすれちがったあの日《ひ》に、マンション
の駐車場《ちゅうしゃじょう》にとめてあった。ということは……。

軽《けい》バンはコーディーの車《くるま》なんだ！

コーディーは改造《かいぞう》ボットの軽《けい》バンに乗《の》っている。もしかしたら、コー
ディーの家《いえ》は、改造《かいぞう》ボットでいっぱいなのかもしれない。

「楽《たの》しい。楽《たの》しすぎるよ！」

ツクルが感激《かんげき》していったけれど、まだ軽《けい》バンがコーディーの車《くるま》だと知《し》
らないトミーはピンとこなかったようだ。

「あと、これ返《かえ》す。ありがとな」

トミーが、クルミのGPSをほうってよこした。

「残念《ざんねん》だなあ。また、ぼくの発明品《はつめいひん》は役《やく》に立《た》たなかったか……」

ツクルはため息《いき》まじりに受《う》けとった。

「いや。そうでもなかったぞ」

「えっ、ほんとに？」

いつもとちがうトミーの反応《はんのう》に、ツクルはおどろいた。

「なんていうか、クルミもってるだけで、おれになにかあってもツクルが見《み》てくれてる、っていう安心感《あんしんかん》があったんだ。クルミがなかったら、ピンポンおせなかった。さんきゅ、な」

「えへへ。ほめられちゃった」

ぽっと顔《かお》が熱《あつ》くなった。初《はじ》めて発明品《はつめいひん》をほめてくれたね。なんだかてれるよ。

「そうだ。ツクル、ちょっとタブレットかりていいか？」

「いいけど。どうしたの？」

「ここに来《く》る途中《とちゅう》で、ある人《ひと》に、たしかめるようにいわれたんだ。いちおう、確認《かくにん》だ」

トミーはタブレットになにやらキーワードを入力《にゅうりょく》すると、表示《ひょうじ》された画像《がぞう》をひとつひとつチェックしはじめた。

「ある人《ひと》って、だれ？」

ツクルが聞《き》いたけど、トミーはニヤッと笑《わら》っただけで、返事《へんじ》はなかった。

ひとつの画像《がぞう》でタップする指《ゆび》が止《と》まる。

「おっ、ビンゴだ。まじか……」

見《み》ると、一匹《ぴき》のカメレオンの画像《がぞう》だった。

「こいつが、黒《くろ》いボストンバッグの男《おとこ》の家《いえ》にいた」

「へえ、おもしろい顔《かお》してるね」

ツクルはそのユーモラスな表情《ひょうじょう》に笑《わら》ったけれど、トミーの顔《かお》がけわしくなった。

「どうしたの？」

「こいつは、絶滅危惧種《ぜつめつきぐしゅ》で、ふつうはでてこないはずの品種《ひんしゅ》なんだ。輸《ゆ》入《にゅう》はずっと前《まえ》に禁止《きんし》されている」

「まさか、密輸《みつゆ》？」

ツクルが聞《き》くと、トミーが、「ううむ」とうなった。

「これ、本物《ほんもの》の事件《じけん》かも……。おれ、帰《かえ》りに交番《こうばん》に行《い》ってくるよ」

めずらしく、まじめな顔《かお》のまま、トミーは帰《かえ》っていった。

ガッタンは太《ふと》っぱら？

ヒロとフミヒトの話《はなし》

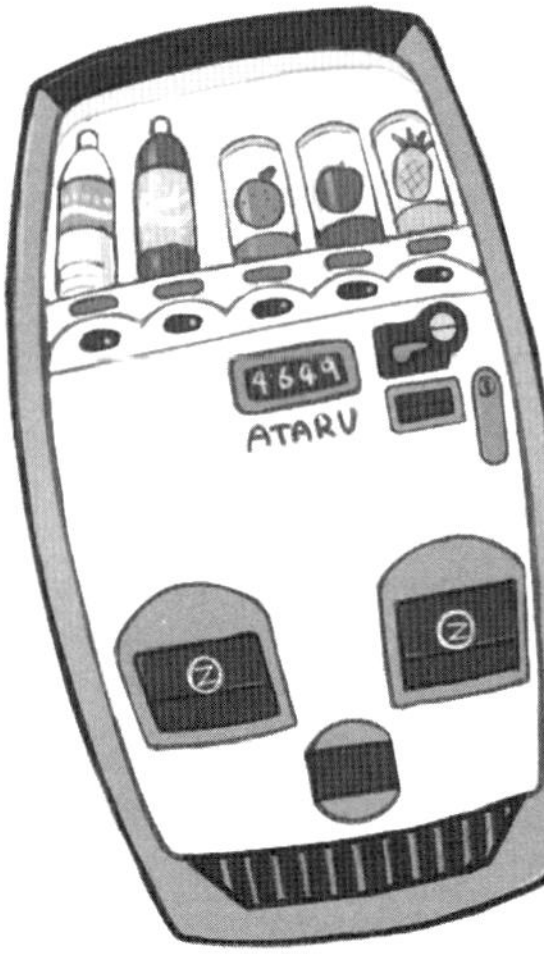

「あのタコのすべり台《だい》は、見《み》たことがある気《き》がするなあ」

ヒロは、すいよせられるように、公園《こうえん》に足《あし》をふみ入《い》れた。

公園《こうえん》の中央《ちゅうおう》に、まっかなタコの形《かたち》をした巨大《きょだい》なすべり台《だい》が、どーんと置《お》かれている。

たしか幼稚園《ようちえん》のころ、遠足《えんそく》で遊《あそ》びにきて、みんなでタコのうんこゲームをしたっけ。

ふと人《ひと》の気配《けはい》がしてふりむくと、木《こ》かげのベンチにおじさんがふたり、黒《くろ》いボストンバッグをはさむようにすわっていた。

太《ふと》った人《ひと》と、やせぎみで足《あし》の長《なが》い人《ひと》。ふたりともだまったまま、目《め》も合《あ》わさない。

なんとなく、近寄《ちかよ》りがたい気《き》がして、公園《こうえん》の反対側《はんたいがわ》へ移動《いどう》すると、ブランコのわきのベンチでうつむいている男《おとこ》の子《こ》がいた。幼稚園《ようちえん》の子《こ》かな？　あたりを見《み》わたしたけれど、お母《かあ》さんも、友《とも》だちもいないみたい。

「どうしたの？」

男《おとこ》の子《こ》は、一瞬《いっしゅん》、こっちをむいたけれど、すぐまたうつむいてしまった。

もしかして、泣《な》いているのかもしれない。

「迷子《まいご》？」

こくっと、首《くび》をかしげる。

「名前《なまえ》は？　どこから来《き》たの？」

今度《こんど》は、ぶんぶんと、首《くび》を横《よこ》にふった。

まだ、あまり話《はな》せないみたいだ。

交番《こうばん》の場所《ばしょ》もわからないし、まわりを見《み》わたしても大人《おとな》の人《ひと》がいない。

これには、ヒロもあてがはずれた。

どうしよう……。

「迷子《まいご》になったんか？」

とつぜん、声《こえ》をかけられて、ヒロはビクッとなった。近《ちか》くには、ヒロとこの子《こ》しかいないはずだ。

「だれ？」

「こっちやこっち。うしろ、うしろ」

うしろをふり返《かえ》ると、そこには一台《だい》のジュースの自動販売機《じどうはんばいき》があった。

これがしゃべってるの？

「わしは、ガッタンや。よろしゅう」

本当《ほんとう》に自動販売機《じどうはんばいき》がしゃべっているらしい。どういうからくりなんだろう。

「ひとが名《な》のってるんやから、返事《へんじ》するのが礼儀《れいぎ》やろ？」

「ぼくは、ヒロです」

あわててあいさつした。

自動販売機《じどうはんばいき》に名前《なまえ》があるなんて、知《し》らなかった。

「住所《じゅうしょ》とか、わかるか？」

それは、さっき聞《き》いてみたけど、この子《こ》は首《くび》をふるだけだった。

「まだ、あんまり話《はな》せないみたい」

あいかわらず男《おとこ》の子《こ》はうつむいたままだ。

「疲《つか》れたやろ。いいもんやるわ」

すると、数字《すうじ》がピカピカと光《ひか》りだした。

「そーら、ぐるぐるっ、ぐるぐるっ！」

そうガッタンがかけ声《ごえ》をはじめると、数字《すうじ》が変《か》わって、一番《ばん》右《みぎ》が「7」になった。次《つぎ》も「7」、その次《つぎ》も「7」だ。

もしかして……？

やった。最後《さいご》も「7」だ。数字《すうじ》が、ぜんぶそろった。一本《ぽん》アタリだ。

ジュースのボタンのライトがぜんぶついた。

7777
ATARU

「ほら、どれでも好《す》きなのをおしたらええよ」

「ほんとに、いいの？」

「問題《もんだい》ない、問題《もんだい》ない。どうせ、７７７がでれば、だれでもタダや」

そうか。アタリだと思《おも》えばいいんだ。

「オレンジジュースでいい？」

男《おとこ》の子《こ》に聞《き》くと、こくん、とうなずいた。

ヒロは、ボタンをおしてジュースをとりだすと、男《おとこ》の子《こ》に開《あ》けてあげた。

「はい、どうぞ」

「ありがとう」

初《はじ》めて男《おとこ》の子《こ》の声《こえ》を聞《き》いた。

さっきは、泣《な》いていたから返事《へんじ》できなかっただけなのかも。もう一度《ど》聞《き》いたら、名前《なまえ》を答《こた》えてくれるかもしれない。

「落《お》ち着《つ》いたかい？　キミ、名前《なまえ》は？」

「……フミ……ヒト」

「フミヒトくんかあ」

よかった。一歩《ぽ》、前進《ぜんしん》だ。もうすこし仲良《なかよ》くなったら、どこから来《き》たのかも、話《はな》してくれるようになるかもしれない。

ヒロは、ほっと息《いき》をはいた。

すると、また数字《すうじ》がそろって、ライトがぜんぶついた。

あれっ、もう一本《ぽん》アタリってことかな？

ガッタンって、やさしいんだな。

ヒロがオレンジジュースのボタンをおすと、ガタンといって、もう一本《ぽん》ジュースがでてきた。

「やった！」

ヒロは、キンキンに冷《ひ》えたオレンジジュースをひと口《くち》のんだ。

「ああ、おいしい」

思《おも》ったより、のどがかわいてたんだな。

気《き》づかなかった。

体《からだ》の中《なか》が、すーっと冷《ひ》えて、気持《きも》ちがいい。こんなにおいしいオレンジジュースはひさしぶりだ。

「ヒロ、今《いま》、飲《の》んだな？」

ガッタンが、低《ひく》い声《こえ》でいった。

えっ？　そりゃ、飲《の》むよ。だって、おごってくれたんだから。

「お金《かね》を払《はら》わんと、ジュースを飲《の》むこと、なんていうか知《し》ってるか？」

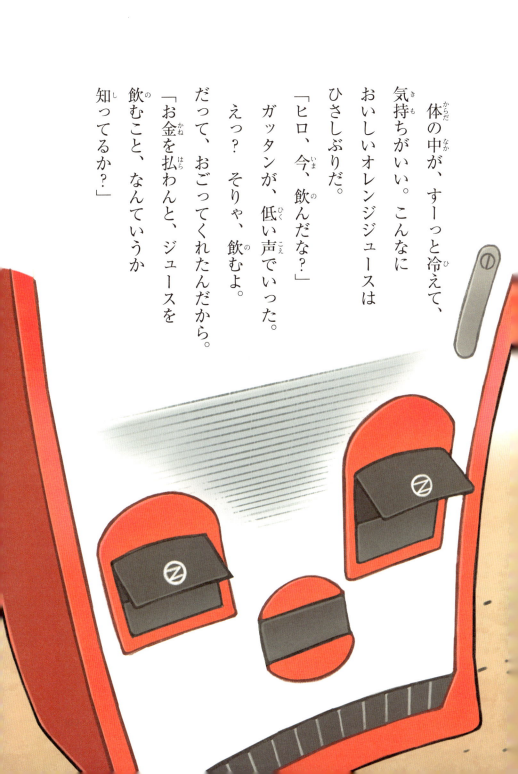

「えっ、なんていうの？」

「ドロボーや」

なっ、なんてことというんだ。

「だって、ガッタンがおごってくれたんじゃないか！」

人助《ひとだす》けだと思《おも》ってやったことだし……。

そうしたら、フミヒトくんがわっと泣《な》きだした。

「おにいちゃん、悪《わる》い人《ひと》なの？」

「ちっ、ちがうよ。ぼくは、ぼくは……」

ヒロが、うまく説明《せつめい》できないでいると、

「わっはっはははははは」

と、ガッタンが、笑《わら》いだした。

え？　なんで、笑《わら》ってるの？

「くすくす、くすくす」

えっ！　フミヒトくんまで笑《わら》いだした。

どういうこと？

「ええこと、教《おし》えたろか」

「うん」

「そこの、フジモトさんって家《いえ》のピンポンをおしてみ」

「どうして？」

「その子《こ》の家《いえ》やから」

ガッタンのセリフを理解《りかい》するのに、すこし時間《じかん》がかかった。それって、

つまり……。

0888
ATARU

「えっ、ガッタン、この子《こ》の家《いえ》、知《し》ってたの？　キミは、迷子《まいご》じゃなかったの？」

「わっはっは。あー、おもろい。ドッキリ大成功《だいせいこう》や！」

なんだよ。ふたりして、ドッキリにかけたのか！

フミヒトくんも、泣《な》いたふりしてただけなの？　ほんと名演技《めいえんぎ》だったよ……。

「わしら、友《とも》だちやねん。どや？　びっくりして、元気《げんき》、でたやろ？」

くそお。なにいってんだよ。ガッタンなんか、きらいだ。

「それから」と、ガッタンがあらたまっていった。

「ヒロ、おまえ、迷子《まいご》やろ？　フジモトさんちで、電話《でんわ》、かりたらええわ」

「おにいちゃん、いこう」

あ、バレてたんだ。

004 エピローグ

翌日《よくじつ》、ツクルは、トミーが五分《ふん》近《ちか》く立《た》ち止《ど》まっていた信号《しんごう》にむかっていた。

やっぱり、五分《ふん》も変《か》わらない信号《しんごう》なんてありえない。絶対《ぜったい》に、おかしい。

「あの場所《ばしょ》には、なにかひみつがあるはずなんだ！」

ツクルがあきらめきれずに町《まち》のメイン通《どお》りを走《はし》っていると、うしろから、「ツクルくーん！」と呼《よ》び止《と》められた。

声《こえ》の方《ほう》を見《み》ると、駅《えき》や交番《こうばん》のある方《ほう》からふとっちょのシルエットが走《はし》

ってくる。

交番《こうばん》のフジモトさんだ。

ペーターの事件《じけん》で仲良《なかよ》くなってから、会《あ》うたびに話《はな》しかけてくれる。本当《ほんとう》にいい人《ひと》だ。

それにしても、今日《きょう》はずいぶんあわてているみたい。

「なにか事件《じけん》ですか？」

いつもとちがう真剣《しんけん》なフジモトさんの顔《かお》つきに、ツクルは身《み》がまえた。

「ツクルくん、ちょうどよかった。トミーくんから聞《き》いて、君《きみ》の家《いえ》に行《い》こうとしていたんだよ」

「トミーから？」

すると、フジモトさんのうしろから、ひょっこり人《ひと》かげが現《あらわ》れた。

トミーだ。

「よお」と、手《て》をふっている。

「昨日《きのう》、トミーくんから、貴重《きちょう》な情報《じょうほう》をもらってね。調《しら》べてみたら、悪《わる》い組織《そしき》の一員《いちいん》だってことがわかったんだ」

「それって、カメレオンの？」

フジモトさんが、力強《ちからづよ》くうなずいた。

「昨日《きのう》からなん度《ど》かたずねているんだけど、ずっと留守《るす》で、今日《きょう》いくとアパートはもぬけのから。今日《きょう》が取引《とりひき》らしいんだけど、居場所《いばしょ》がわからなくなってしまったんだよ」

フジモトさんのあせる気持《きも》ちが伝《つた》わってくる。

すると、トミーがせきたてた。

「ほら、お前《まえ》の作《つく》ったクルミのＧＰＳ。あれ、回収《かいしゅう》してないんだ。もし、まだ黒《くろ》いボストンバッグの中《なか》にあったら、場所《ばしょ》がわかるんじゃないかって思《おも》ってさ」

「あっ！」

ツクルは、いそいでリュックからタブレットを取《と》りだすと、アプリを開《ひら》いた。

「もったまま移動《いどう》していてくれ……」

フジモトさんが、手《て》を組《く》んで祈《いの》っている。

一瞬《いっしゅん》、読《よ》みこみ中《ちゅう》になってから、地図上《ちずじょう》にクルミのＧＰＳの位置《いち》が表示《ひょうじ》された。

「道祖神公園《どうそじんこうえん》だ！」

フジモトさんが叫《さけ》んだ。

「これ、今日《きょう》一日《にち》、かりてもいいかい？」

「もちろんです！」

「ありがとう！　今度《こんど》、お礼《れい》しにいくよ」

フジモトさんは、警察《けいさつ》の仲間《なかま》の人《ひと》たちに連絡《れんらく》しながら、いそいで走《はし》っていった。

「フジモトさん、がんばって！」

ふたりは、県道《けんどう》のむこうに見《み》えなくなるまで、フジモトさんを見送《みおく》った。

「よし、あとは警察《けいさつ》におまかせだな」

トミーが大《おお》きく背伸《せの》びをしながらいった。

ツクルも、なにか大仕事《おおしごと》をやりとげたような達成感《たっせいかん》に近《ちか》いものを感《かん》じていた。

「あれ？　そういえば、トミーにアドレスとパスワードの紙《かみ》あげなかったっけ？」

ツクルが聞《き》くと、

「あんなの、その日《ひ》にすてたって」

と、トミーは悪《わる》びれるふうもなくいった。

「あはは。それでこそ、トミーだよ」

そういいかけて、ツクルは口《くち》をつぐんだ。

ほんの五メートルほど先《さき》に、押《お》しボタン式《しき》の横断歩道《おうだんほどう》が見《み》える。きのうはトミーにうまくごまかされちゃったけど……。

「もしかして……」

ツクルは、押《お》しボタンに、すいよせられるように近《ちか》づくと、その下《した》をのぞきこんだ。

目《め》あてのものが、きらりと光《ひか》った。

「改造《かいぞう》ボットの目印《めじるし》、さかさまシールだ！」

信号機《しんごうき》もキカイだってことを忘《わす》れていた。こんなに人通《ひとどお》りの多《おお》い場所《ばしょ》に、改造《かいぞう》ボットが堂々《どうどう》と置《お》かれていたなんて……。

そのとき、ツクルの頭《あたま》の中《なか》が、ぐるんと回転《かいてん》した。

「もしかして、トミーは改造《かいぞう》ボットと友《とも》だちだったの？」

そうか！　トミーは、改造《かいぞう》ボットの情報《じょうほう》を、改造《かいぞう》ボットから聞《き》いていたんだ。わかってみれば、かんたんなこと。なんで気《き》がつかなかったたんだろう。

やっぱり、この場所《ばしょ》にはひみつがあったんだ！

トミーを見《み》ると、ばつの悪《わる》そうな顔《かお》で頭《あたま》をかいている。

「バレちまったか」

「もしかして、これがトミーの企業《きぎょう》ひみつ？」

「正解《せいかい》。ゴートンっていうんだ」

トミーが、紹介《しょうかい》してくれた。

「おれ、ゴートンに助《たす》けてもらったんだ。買《か》ったばかりのマンガに夢中《むちゅう》になって、信号無視《しんごうむし》のトラックが来《き》てるのに気《き》づかなくってさ。ゴートンが大声《おおごえ》だしてくれなかったら、おれ死《し》んでた」

「ええっ！　トミー、死《し》にかけたの？」

そんなこと、ちっとも知《し》らなかった……。

「まあな。それ以来《いらい》、ちょくちょく手伝《てつだ》いとかしてさ、かわりに改造《かいぞう》ボットの情報《じょうほう》をもらってたんだ」

「じゃあ、黒《くろ》いボストンバッグの人《ひと》を尾行《びこう》したのも？」

「そ。ゴートンからの依頼《いらい》」

そうだったんだ。

「ツクルか？」

しぶい声《こえ》がした。ゴートンって、かっこいい声《こえ》してるんだね。

「はじめまして」

「ある改造《かいぞう》ボットからの情報《じょうほう》だ」

ゴートンは、ひとつせきばらいをしてから、もったいぶったようにいった。

「道祖神公園《どうそじんこうえん》で、黒《くろ》いボストンバッグをもったふたり組《ぐみ》が、警察《けいさつ》に逮捕《たいほ》されたらしい。『わしの目《め》の前《まえ》で、おまわりさんの背負《せお》い投《な》げが炸裂《さくれつ》や。

ビックリやったわ』だとよ」

すごい。改造《かいぞう》ボット同士《どうし》は、連絡《れんらく》しあうことができるんだね。

「やったね。犯人《はんにん》、つかまったんだ！」

さすが、フジモトさん。お手《て》がらだよ。フジモトさんの背負《せお》い投《な》げ、見《み》たかったなあ。

ツクルがよろこんでいると、いきなりトミーに背中《せなか》をバーンとたたかれた。

「やったな！」

いたたた。トミーったら、激励《げきれい》が強《つよ》いよ。

でも、うれしかった。なぜって、自分《じぶん》の作《つく》った発明品《はつめいひん》が、初《はじ》めて町《まち》の平和《へいわ》に役立《やくだ》ったんだ。

「男《おとこ》がなに者《もの》かをつきとめたトミーと、男《おとこ》の居場所《いばしょ》がわかる発明品《はつめいひん》を作《つく》ったツクル。ふたりのおかげだ。ありがとな」

ゴートンからのねぎらいの言葉《ことば》だった。

そうか。いつの間《ま》にか、改造《かいぞう》ボットたちといっしょに、この事件《じけん》にいどんでいたんだね！

最初《さいしょ》に黒《くろ》いボストンバッグ男《おとこ》に気《き》づいたのは、ゴートンとペーターだった。それから、トミーに男《おとこ》の行《ゆ》き先《さき》を教《おし》えてくれたコーディーの軽《けい》バン。逮捕《たいほ》の現場《げんば》をリポートしてくれた……関西弁《かんさいべん》の改造《かいぞう》ボット。

今回《こんかい》も、改造《かいぞう》ボットたちのおかげで、町《まち》が平和《へいわ》になった。

でも、改造《かいぞう》ボットたちだけでは、この事件《じけん》は解決《かいけつ》できなかった。

ぼくらが役《やく》に立《た》てたんだ！

「こちらこそ、ありがとう！」

ツクルは、よろこびをかみしめるように返事《へんじ》をした。

コーディーは、どう思《おも》ったかな。ほめてくれるかな。

ふと思《おも》った。コーディーも、だれかの役《やく》に立《た》てるのが、うれしいのかもしれない。だから、改造《かいぞう》ボットを作《つく》りはじめたのかも……。

きっと、そうだ。

ツクルは、コーディーのことを、前《まえ》よりずっと身近《みぢか》に感《かん》じていた。

「いつか会《あ》えたら……」

いっぱい話《はな》したいことがあるよ。

作者：**辻 貴司**（つじ　たかし）

1977年生まれ。京都府育ち、神奈川県在住。神奈川大学卒業。日本児童文学学校、創作教室修了。「らんぷ」所属。2016年、『透明犬メイ』で第33回福島正実記念SF童話賞を受賞。『トイレのブリトニー』『よふかし しようかい』（いずれも岩崎書店）、共著に『ひみつの小学生探偵』（Gakken）、『5分ごとにひらく恐怖のとびら百物語5　奇妙のとびら』（文溪堂）などがある。

画家：**TAKA**（たか）

大阪府茨木市在住。2013年「視えるがうつる!? 地霊町ふしぎ探偵団」シリーズ（角川つばさ文庫）にてデビュー。2024年版「中学生の基礎英語レベル2」（NHK出版）、「七不思議神社」シリーズ（あかね書房）、「ゼツメッシュ！」シリーズ（講談社青い鳥文庫）、『疾風ロンド』（実業之日本社ジュニアノベル）等、児童・中高生読み物の装画・挿絵、新聞連載、教材、広告、アプリなど、幅広い媒体で多数のイラストを手掛けている。

ツクルとひみつの改造ボット2

2024年12月31日　第1刷発行

作　辻 貴司
絵　TAKA
発行者　小松崎敬子
発行所　株式会社 岩崎書店
〒112-0014　東京都文京区関口2-3-3　7F
電話　03-6626-5080（営業）　03-6626-5082（編集）
装丁　山田 武
印刷所　三美印刷株式会社
製本所　株式会社若林製本工場

NDC 913　ISBN978-4-265-84054-0

ご意見、ご感想をお寄せ下さい。
E-mail: info@iwasakishoten.co.jp
岩崎書店HP: https://www.iwasakishoten.co.jp
落丁、乱丁本はおとりかえいたします。

N
S
歯科医院
○×家
だがし
アイスクリーム
ファミレス
できた亭
カラオケ